詩集　卓上の皿

綾部清隆

砂子屋書房

＊目次

装本・倉本　修

詩集　卓上の皿

序詩　皿

窓を開放しよう
朝の冷気がフルートの音色を
運んでくるでしょう
細胞は活気づいて
そんな朝の空気を
皿に盛りつけてみませんか

雨や露が大地に浸み込んで
百五十年ものあいだ
いや自然界では一・五秒という

瞬時の時間であるかもしれないが
闇の網の目をくぐり抜け
不純なものを濾過し
やがて清浄な伏流水となって
地表に湧出してくる　その一滴を
皿にのせてみよう

もの悲しい色もあります
含羞を秘めた表情もあります
一時のやすらぎも見せます
季節の彩りや温もりもあります
その太陽のひかりを
皿に飾りませんか

人参　玉ねぎ　ほうれん草　白菜

りんご　トマト　米　麦　牧草
水仙　コスモス　桂　ミズナラ
肥沃な大地の一握りの土を
皿に盛りつけてみたまえ

そしてちょっと戯れに
皿の左肩にノを加えると
血になりますが

さて　これらの小皿を
テーブルに並べて
いのちの物語を
大皿に盛りつけてみませんか

朝の食卓

年輪がさらされた
庭のテーブルに
純白な皿があって
虹が盛られています
夕べ寝しなに数えた羊たちが
その下を潜り抜け
朝露に濡れた草原に
帰っていきます

籠にはパンが数個盛られ

コーヒーが湯気をたてています
あなたは椅子に座ったまま
テーブルに手をのばそうともせず
ひとときの孤の空白に
——ああ　生きてる
と　つぶやいて片目をつぶります

あなたのそんな戯れを
そのまますなおには
受容できません
多分　夕べの夢の延長線上にある
気分だからでしょう

先日写真展を観にいきました
「朝の食卓」というタイトルで

同じような風景の写真がありました
あまりにも非日常的な情景に
埋没したからでしょう
まだ　現実と非現実の光景のはざまを
さまよっています
でもこういう非在にこそ
——生きてる
と　感じてしまうのですが

偽死

ベランダの片隅
彫の深い蟬が
腹を上にして
ころがっていた

熱射に焼かれ
おのれの存在を
コンクリートに
刻みつけている
死は永遠の美学だなんて

いうつもりではなかろう
それとも墓碑という
軽薄な文言に憧れた
わけでもあるまい
ただ老蟬にとっては
いまが死の季節
人にもそんな季節が
あるのだろうか

這い出てきた
土の感触にもどしてやろうと
死の影をひきはがし
五階のベランダから
叢がある土に落した
すると蟬は抵抗を試み

末期の水をまき散らして
どこかへ飛び去っていった

ユーモラスな恣意に
感嘆していたら
蟬の去ったあたりで
夏があくびをしていた

かもめ

群に背を向け
ひとときの自由を求めて
ここまで来たのだろうが
山あいの川面に
孤独な飛影を映し
ひと夏を過ごそうとする生は
七月の空を生きぬく不条理を
やがて悟るだろう

男は六十年安保の後半

新しいショルダーバッグに
怠惰な思想を詰め込んで
ふるさとを捨てた
だが足を止め
ふと振り返ったとき
風化した頭陀袋には
色あせたふるさとを
詰め込んでいた
と　語る

日が落ちてきた
かもめよ
おまえの目に映るものは
獲物やねぐらなどでは
なかったのか

ひたすら染まりはじめた翼をひろげ
眼下の樹林や川や大地を
俯瞰している
それはいのちの飛翔を
試みている
雄飛ではないか

樹液

夜来の闇から闇へと乱舞しては消えていく　白い狂気に目を凝らしても闇の深さは量れない　あの悲鳴は生木が裂ける音　神の啓示でもなかろうが

十六歳の日　接ぎ木をする植木職人の手元を見つめていた　無骨な手に握りしめられた鑿　その刃先は幹に打ち込まれ日に晒された深部の肌は　一人の女の乳房と同じ色に染まっていた

無花果の樹液は乳白色で　成熟の色
をおびていたが　あの時の幹の液は羞
恥を思わせる色をしていた記憶がある
――接ぎ木はな　この幹に別の木を接
合させるのだから　これは苛酷なこと
だ　でも甘美な酒に酔いしれることで
もある　その上でこの肌に掌の温もり
を添えてやる　これが再生というもの
なんだ――
　職人は大人のあわいにいる少年の存
在を無視したまま　つぶやいていた
　まるでその声は青い夢の中の壁に反
響しているようだった
――接ぎ木なんて　渋柿は渋柿でいい
じゃないか――

少年は逆らってみたが　あの時の職人は一体誰に囁いていたのだろう

今朝　穏やかなひかりの粒子に包まれて　闇の底からの悲鳴はもう聞こえてこない

ただ折れた木の幹から匂いたつこのいのちの樹液は　まだ未熟な色だ

迷　路

雑然としたテーブルに
白地図をひろげ
踵のすり減った七十数年の足跡に
矢印を付けようとした
ところが現在地が見つからない
赤鉛筆を持つ手が硬直して
こきざみにふるえている

現在地がない
放浪の過去をずるずると引きずり

所在不明の半生だったなんて
思考がからから音たてててくずれる
まさかの事象は
夢の続きなんだろうか

旅先の案内板に
矢印が付いている
そんな印には初《はな》から
背を向けてきた
指示された道程ぐらい
滑稽なものはないだろうから

一羽の水鳥が
羽音とともに飛び去った
残された波紋が

はぐれ鳥の現在地だとすれば
またたくまに消滅してしまうだろう

H老人は地図を前に
熱いコーヒーを飲む
こだわりの風景は
晩秋の気配を漂わせている
ならば枯葉となって
散り落ちている足跡を
ひとつひとつ拾い集めてみる
夢でいいのだ
混沌とした想念から
抜け出せるなら

足型

はだしで歩く
砂の粒子が
原始の感触をくすぐる
点々とつづく足型は
来し方の生の形骸

両手にぶらさげた靴が
走りだす
老いの血が宙に舞い
砂浜はすべてを

受け入れる

水際に脱ぎ捨てた靴下が
伸縮をくりかえし
二匹のくらげは
沖へ浮遊する
波にたゆたう
いのち
かるいめまい
の
まぶしさ

流木に腰をおろし
夏の落し物
ビーチボールを

足裏でもてあそぶ
とおい官能がうずく

北の浜辺は
真昼
時計の針は
空を指す

新しい足型を
たしかなものにしようと
力いっぱいボールを
蹴りあげる
明日という日に
向かって

あちらとこちら

――どちらまで
――ちょっと　そこまで
そんな会話が降ってきそうな
今夜の星空だ

遮幕に映る
ひかりの粒が明滅して
そこまでとは隔たりがある
多分　あちらとこちらの間で
それぞれのさまよえる

いのちのひかりが
またたいているのだろう

あちらとはどこなのか
見知らぬ果ての
いや　近くてもあちらがあって
こちらとは言わない

旅人は
――ちょっと　そこまで
と風に吹かれながら
人生の分岐点に佇って
こちらを振り向き
いのちの温もりを
両掌で包むようにして

あちらに下りていく

前方にある
こちらの岸辺には
人待ち顔で舫っている小舟が
うす靄を透かせて
ゆれながら舳先を
あちらに向けている

あるもの

ははの襞の階段から
滑り落ちたとき誰しもが
掌に握りしめていたものは
ははからの贈り物だった
それは祖母あるいは曾祖母から
受け継がれたものか
そして初めて握った掌の意思は
やはりははの乳房であり
乳のにおいと温もりの鼓動が
蘇生を確かなものにするのだ

掌は成長する
時の流れに逆らうあまり
思考や思想を掌の上でもてあそぶ
それはしなやかさゆえに
なんでも握りしめることができる
だから掌には雑草も生い茂り
虫もすだつのだ

ところで掌では摑めないものがある
それらは目の奥を瞬時に射る
ひかりのようなものであり
摑めそうでつかめない
風のようなものであったりで
その粒子は五感をつねに

刺激してくる

今夜は満月
だがただよう時間には
翳りがみえはじめている
掌をひろげてみたまえ
そこには在るはずのものが
あれほど握りしめてきたものが消え
ただの掌になっていよう
でも干上がった谷底の掌紋には
黄昏れた一粒のしずくが
にぶいひかりを宿しているはずだ

骨

もういいではないか
そんなに自分を誇示しなくても
それともあの海への郷愁なのか
舳先を南東の方角に向け
海風に曝され蝕まれた肋骨を
つっかえ棒にして
辛くないか　悲しくはないか
剝きだした骨の悲鳴が
がらんどうのくずれた貨物室に
さまよっている

体内湿度計の針が
二〇%を割っている
迷路となった思考の回路を
乾いた意思がからから音をたてて
空回りばかりしている
――現実と非現実
これは悪夢なのだろうか
いや夢と目覚めの狭間を
漂っているから
足元がおぼつかないのだ

だからといって
いつまでも剝きだした骨と
向き合っていたら

人は漂流物のように
風に翻弄されるだけ
おまえさんは見捨てられたことを
知っている
ゆえに風葬という
はるかな時間のながれに
針路をとっているのだろう
おのれの美学をつらぬくために

見知らぬ女

湿気を含んだ
粗悪なページの一枚が破れ落ちた
と　見えたのは一葉の写真だった
半そでのブラウスに透ける
未熟な果実を抱えるように両腕を組んで
川の浅瀬に立っている
見知らぬ女

本の裏表紙を反してみる
「神田　〇〇堂　四〇〇―」

鉛筆書きのラベルが貼ってある
昭和三十年頃　神田の古本街を徘徊していた
だが　この本を購入した記憶はない
誰が女を酒代にしようとして
本屋に持ち込んだのだろう

当時　五反田や東中野　荻窪にいた
友の下宿を飲み歩いていた
本が酒代に化けていた
吹流しのようにビル風に吹かれて
うすっぺらな青春だったが
何かに　そう　獲物を狙う鳥の目で
何かを求めてぎらついていたが
その何かが見えなかった

見知らぬ女は
自分が売られたことは知るまい
川原の石ころの上に不安定に立つ女
　いま　しあわせです
瀬音の中から女の声が聴こえてくる

古書のページから落下した写真の裏には
一九五四・七・一五写　とある
女はあの時代の一時の生を確かに所有していたのだ

朝から降り続いている雨
窓ガラスに流れ落ちる雫に
見知らぬ女の姿を
浮かべてみる

悪戯

人はある年齢に近づくと
息づかいを殺して気配で生きようとする
五階の向かい合わせに住んでいる隣人とは
同じ年格好なので気配と息づかいが
狭い共用の廊下で交錯している

先日　夜の十一時過ぎにチャイムが鳴った
ドアの覗き穴から見ると
彼が息を殺して立っている
――明日引っ越しますので

寝言のような口ぶりだ
明日という日があるのに
澱みはじめた部屋の空気が攪乱されて
今夜も寝そびれてしまうな

息づかいを殺す社会は
なにもここだけではないのだが
彼とは殆ど顔を合わせたことがない
狭い廊下では　外出するときなど
ドアの取っ手に手を掛けながら
気配を感知しようとする
奇妙な習慣が身についてしまった
ある時などエレベーターに乗ろうと
昇ってくるのを待っているあいだ
隣人のドアの内側では気配が直立していて

ドアを開けようかどうしようか
ためらいの息づかいが背骨を圧迫してくる

共用の狭い廊下はまるで結界だ
彼は彼の領域を
自分はおのれの領域で
互いに拘わりはないのだから
立ち入ることはない
でも気になることは気配と息づかいなのだ
それらは時にカッターナイフになって
神経をずたずたに切り刻む悪戯をする
だから浅い眠りは悪夢にうなされがちになる

人は得体の知れないものに脅かされると
孤独を意識しはじめる

神経も肉体も迷走しがちで
背中の力も翳ってくる
何れ孤独と気配と息づかいは
ひとのいのちを蝕みはじめるようだ

隣人の引っ越しを機会に
息を殺すような空気は
風船につめて空に飛ばそう
そして気配は切り刻んで
五階のベランダから撒き散らそう

埋没

秋が雨をよんで　樹木の葉を色づかせている
前の家のベランダにある物干し竿の両端に運動靴が濡れていて　干からびた蛾が死を享受するかのようにへばりついている　老人は窓辺の椅子に座り　うつらうつらしながら網膜に映る過ぎ去った映像の断片をつなぎ合わせ　朽ち果てた生の証の修復を試みている

学生時代履きなれた古靴を半張りに出
した　薄っぺらな板に書いてある「靴修
理」の拙い文字がひらひらゆれていた
　黴臭い狭い土間　その片隅にりんご箱
が置いてあり　それに腰かけて出来上が
るのを待つのだ　○○醤油と書いてある
汚れた前掛けをした初老の職人　裸電球
に映る姿はまるで狸だ　そして言葉は焼
け跡に捨ててきてしまったようで無言
　ただ古靴を自在に操る狸の手指は細く
しなやかで　見た目より不器用ではなか
った　だが靴屋でありながら靴を作った
ことはなく　半張り人生で終わったよう
だ
　老人は自分を狸に重ねてみる

——半張り人生か
深呼吸をひとつ　この年になってみると　躰に馴染んだものは数知れず　愛着は背広やずぼんのポケットに詰まっている　ましてや歩いてきた道を共有してきたものばかり　しかしいまではその愛着も堆積された腐葉土になっている
老人は椅子から立ち上がる　いずれいのちも砂時計の砂に埋没していくのだと思いながら

野良薯

羽音が群になって聴こえてくる　寒冷
前線はすぐそこまできている　眠くな
ってきた　今冬の凍《しば》れはきついだろう

あの日を境に親兄弟は離散の憂き目に
あい　おれはひとりとり残された　そ
のうえ有害というレッテルのもと　邪
魔者扱いされ　これほどの侮辱はない
おれはその日から名前を捨てた　それ
なのに野良犬のような名を付けやがっ

て　いま悩んでいる　自死すべきかどうか　真っ暗闇でのひとりぼっちはほんとうに寒い

神に祈った　天候不順で不調を訴える仲間も多かったが　おれは耐えた　そして大地の滋養を吸収し　身も心も育ててきた

再び羽音が聴こえ　地表を覆っていた白いものが消えるころ　おれは無情の爪に放り出され捨てられて　行きつくところ自然死という　冷酷な掟に晒されよう　天命といえばそれまでだが　おれは野良犬が羨ましい　餌も漁れる

し　徘徊できる自由があるからな　自
死が許されないのはわかっている　そ
れならばせめて運命に逆らい　この広
大な大地の片隅ででもいい　いのちと
いう芽を出してみせよう　おれの自負
のためにもな

※野良薯……収穫からもれ、そのまま畑に取り残され、春先邪魔なもの
として取り除かれるじゃがいものこと。

あそび

夏の臨終を弔うかのように
今日は朝から雨
学校帰りの黄色い
三本のパラソルが
水たまりで躍動している
あそびはうわのそらを浮遊するから
奇妙な高揚感がつきまとう
するとパラソルから飛び散る雫のように
いのちの鼓動が飛び跳ね
その時少年時代のページが風にめくれ

路地のカンバスには
ベーゴマやメンコが躍り
冬枯れの田んぼの中では
ススメススメと少国民の姿が
かすんだ鉛筆画となる
それぞれのページにはうち消せない
忌わしいあそび　の
爪痕までが刻印されている

雨は記憶をこきざみに濡らしてくる
憧れのあの少女の家は
帰り道とは反対方向にあった
家の庭には欅の木が二本聳えていて
その隅にお稲荷さんが祀られていた
少年は遠まわりして少女の家の前を

さりげなく通っては　家に帰った
少女の名前は忘れたが
淡い秘密をだいた道草は
こころを弾ませた

水たまりのパラソルは
いつの間にか一本になっている

凪の電話

心地よい凪が吹いてくる
ふわりときもちが浮遊する
——凪の電話って　知ってるか
誰かが教えてくれた
どんな形をしたものなのか
想像するだけですてきだ
——凪の電話
有線でも無線でもあるまい
携帯電話など持っていないが
その電話は「圏外です」

野暮な音声は聞こえてこないだろう
着信は無理であっても
発信ができればいい

子供の姿が見えない公園
遊具の隣にあったログハウス風の電話ボックス
大きなクモの巣が　年輪と重なる
ここからあなたに掛けた電話
あれが最後の発信だった
もう一度発信しようと公園にいったが
そこはすでに消滅していた
もはや時の流れに逆らう余力などない
諦観という思考に憧れながらも
二の足を踏むような思想は嫌いだ　と
ただあなたのやさしい声が

聴きたいだけ

いま人生の分岐点にいて
立ち止まって一息つく
さて右か左か迷ってはいられない
風の電話を探しにいかなくては

※「風の電話」とは、3・11のあと岩手県大槌町の某氏が自宅の庭に、「風に思いを託して」という願いを込めて設置した不通の電話ボックス。

あさがお

ある朝
ほころしげに口元をつきだして
一輪の開花で
幕が開いた

糸のような一本の茎
抜いてしまえばそれまでだが
ひかげものにも
いのちの存在感があった

青白い血管をおもわせる内部
あらゆる器官や細胞が
蜘蛛の巣模様に連結され
それらひとつひとつの気が
宙に向かって
伸びていく

人はひとゆえに
流れに翻弄される
お隣りのお兄さんが
鉢植えのあさがおを
新妻に託して
出征していった
数日してあさがおは
枯れてしまった

そのあとに白木の箱が
届いた

西日は黙したまま沈む
濃紫色の一輪は
植物ゆえに
終幕を告げた
すぼめた口に
羞恥を凝縮させて

また　夏がくる
濁流の予兆

夢想

向かい側のバス停に
ひとりの老女といっぴきの猫が
バスが来るのを待っている
老女は時々咳をして
そのたびに猫は上目づかいに
老女の顔をみる

バスが来た
老女が乗り込むと
バスは発車した

残った猫は所在なげだったが
大あくび一つして
草叢に消えた

夢の中での夢は
白昼夢なのだろう
いま机上の筆立てに
一本の万年筆が入っている
昭和〇〇年
まだ記憶にない北の大地
灰色の風景をもとめて
けたたましく鳴るベルに
背中を押される
絡み合う時間のなかで
見送ってくれた女は

黙って一本の万年筆を
差し出した
遠い夢の中での
スローモーな映像は
別れの軽薄な感情をさまよう

見送った猫
そしてうつむいたままの女
浮遊する情景の裏側では
ものがたりが
錯綜する

その日　一日
夕映えの夢想に
身をゆだねていた

誕生日

朝のひかりを　テーブル上にある純白な皿に盛り付けようと　カーテンを開けたところ生憎の雨　どんよりした寝覚めであったが　濡れた樹皮や濃緑の葉先からしたたる生気に　舌鼓を打つ　躰の芯を風が吹き抜けていく

　身重だった母は　その日意識の悲鳴の淵で一言「暑い」と言っていのちのバトンを次代に託した　天候は雨であったのか晴れだったのか不明　でも今日もあの

日と同じに水銀は上昇しよう

国民学校二年の時であったと思う　微熱が続くなかで男は地球儀をねだった
まだ我国の周辺の国は赤く塗られていたが　暗雲に覆われた地球をぐるぐる廻して遊んだ　幾筋もの色が帯状に回転したが　母の乳房に浮かぶ血管の色素の方が美しかった　乳房の記憶を消すまいと激しく廻したところ　地球儀は二階の窓から宙に飛び出してしまった

それ以来メルカトールの地図を折り畳んでポケットに忍ばせている
この偏平足は　長年平たい地図上を歩

いて来たからだ　貧弱で殺風景な荒地を
その上疲労は澱となってあらゆる細胞の
網目を埋めてしまっている　だから一筋
の光明を探し求めていまだに重い足を引
きずっているのだが

誰の贈り物だろう　早咲きのコスモス
の花が一輪郵便受けに差し込まれていた
しかもその首が折れているではないか
男はせめて来年の誕生日には自身の手
で純白の皿にコスモスの花を飾ろうと思
う

空耳

時空を震撼させる日常に
ことばの波動がひたひたと
押し寄せてきて
あなたも負の坂道を
転がり落ちようとしている

薄暗い物置の土間で
息を殺していても
いつまでも見つけてくれない鬼
そんな永遠とも思われる

時間の闇に沈みこんで
忘れられてしまった自分の存在に
不吉な予感を秘めながら
鬼の足音を期待している

仕組まれたいのちを蝕む
鬼の足音もあるようだ
しのびよる無音の恐怖
近づいてくる顔のない
集団のひびき
平常を狂わす個体の暴挙
予期しない音
あるいはことばや文字などは
心象風景を崩壊させる
そのうえ不安は妄想を生む

だから表と裏のとびらは
閉めておくがよい

不吉な予感は
あそびの裏返しであり
物語の裏には毒が在る
と　だれかが言う

——ごはんだよ
一段落した夕暮の垣根越しに
おふくろたちの声が聴こえてきた

まてよ
空耳かな

メルヘン

月光に浮上する舞台
夜の河原は野外の劇場だ
気配に背を押され
小道具は流木のオブジェ
陰影に身を寄せかける小石は
上気した多彩な表情で
語りかけてくる

転がっている小石のひとつは
三角ベースで遊んだよっちゃんか

向こうにあるのは泣き虫だったとみ子ちゃん
それとも豚を飼っていたさぶちゃんか
昼顔の花は夜露を浴び
乳房は薄絹にゆれ
今夜のヒロインになる

くる　こない
くる　こない
はなびらをいちまい
またいちまい　川の流れに浮かべ
ここは忘れ物をした子どもたちが
戻ってくるところ
再び小石になりたくて
生まれて　死んで
また死んでそしてまた生まれて

停止した時空には
いのちが浮遊している

昼と夜を分ける
ビロードの幕の透き間から
半睡の夢遊者が
今宵も河原の舞台へと
下りていく

小春日和

こんな日はめったにないから
男はこころの襞を一枚脱いで
少し濃いめのコーヒーを飲む
そして何の脈絡もない
色あせた地図をたよりに
季節外れの蝶になって
さまよってみたい　と

知らない町
枯れた蔦がからまっている

見知らぬ家の垣根
見覚えのない猫と
そしらぬ顔ですれ違う
あそびごころの足音が
迷路の奥に消えていく

せまい露地をたどる
傾いた昭和の郵便受けには
無造作に突っ込まれたままの
古新聞紙や広告が
不在を告げている

閉めきった居間の中央に
卓袱台が出ていて
ちゃわんの触れあう音

泣き声　叱声　笑い声が
聴こえてくる
空耳か
そこには誰もいない

少し冷えてきた
あそび疲れた男
少年時代のにおいをポケットに忍ばせ
夕日を背負って帰ってくる
明日への言いしれぬ予感を胸に

影に逃げられた男の話

アルバムの隅に張り付いている枯葉と
色褪せた一葉の写真
昭和を引きずった男の足元から
背伸びするような姿で
寄りそっている影
それなのに近頃男をつきはなし
別行動をとっている
浮遊する自由は止められないが
積年の憧れだったのだろう

神話になりつつある昭和
影に逃げられた男は
薄れゆく記憶の坂道を
所在なげに下っていく
路地に残る家族の貧しいにおいに
また夕暮れ近い喧噪や話し声に
引き寄せられて
吹き抜ける風は
薄っぺらな恣意のすきまを
素通りして木枯らしになる

真新しいショルダーバッグに
希望とともに詰め込んだ昭和
その巨大な船のゆれに
男は意思をまかせていたが

いまや舳先を残して
沈みかけている

所詮　人生なんて
　影ですよ
スクランブル交差点の中央で
男は影の声を聞いた
コンクリートのビルの窪みに
身を隠しているのだろう
ただ声だけが反響している

啓　示

もうひとりのわたしが
自分の影を踏んで
捜し物をしている
祖父母や父母から
託されたものがあったのだが

少年のころ
遊び疲れて喉を潤してくれた
明神様の湧水は
母の啓示だったのだろう

じゃがいもやトマトを収穫した
土の温もりは
父のそれであったか
その時から少年は
いのちの深遠に触れた思いを
人知れず胸に秘めた

当てのない放浪は
母の骨を納めたときからだ
泉下に並べられた
褐色の骨壺に
一条の光明が走って
あのひかりは
なんの啓示だったのだろう

記憶にない地図は袋小路
来た道を逆戻りしている
少年時の甘美な啓示に陶酔した
こころの源泉はとうに枯渇している
時間の流れは時に非情だ
託されたものの正体が
曲がりはじめた背中を
圧迫してくる

公園の陽だまりのベンチに
毛細血管が浮き出た身体を横たえる
――もう　いいかい
つぶやいてみた
――もう　いいんだよ
こだまが風になった

ボトルの水を一口飲む

水滴

まさに落下の一瞬
そのひと雫に
いのちの泉がゆれ
なかに母がいて
父がいて
あなたがいて
みんな談笑しながら
浮遊しています

とおい記憶がよみがえる

里芋の葉の露を集めたのは
罪なのでしょうか
未来を紡ぐことができない閉塞感は
闇の底へ落下する雫なのでしょうか

だがいのちはいつだって無言です
そして水となって汚れを流し
浄化された血は伏流液となり
気は五感を刺激する
空気は気管を清涼にして
これらはみないのちの源泉で
だから無口なのでしょう
そのうえ深部に棲みついて
いつも物語の芽をのぞかせている
でもその不可解な花のゆえに

人は戸惑いを隠せない
まして死と生の境目が
水玉のようであれば
指先で知覚もできようが

立ち止まることができない
不安のカーテンが
風にゆれながら
暮れていく今日一日の
幕を引く

水滴が落下した
四方に飛び散る
想念

あとがき

「いのち」はたくさんの物語を生みそして劇場でもある。

さて、いのちなるものの実態について、意識しはじめたのは何時ごろからだろう。

子供の頃、メダカや小鮒、昆虫など捕ってきて家に持ち帰った。すると母親は「生きものだから」と。その一言で再び小川や草叢に逃がした。どうやらここでは—生—ということを、何となく意識していたのだろう。

一九四四・四五年頃になると、「命を捨てて」とか「命がけで」、あるいは「命も省みず」または「命からがら」などと、「命」と名が付いたことばが、巷にながれ聞こえてきた。そこでは—生—死—という結びつきが実感された。

一九五七年、母の死に直面する。母の死に立ち会えなかったこともあり、納骨は自身の手でと考えていた。黴臭く湿り気をおびた泉下（墓室）

に母を安置した。その時、代々並んでいる骨壺に、一瞬だったが、一条の光りが当たった。その光りを見ていのちの実態と存在感に、触れ得た気がした。即ち―生―死―つながり―いのち―という図式になろうか。

では「いのち」の根源とは何だろう。それは水であるかもしれない。あるいは光りか、土壌か。もしくは空気か。これらは多分「いのち」を「いのち」たらしめている根幹であるかもしれない。そしていのちは個々のものであって、個々のものではない。継承されていくものである。

ところで近頃自分のいのちが、人知れず小皿の上で、転がっているような気がしてならない。

そこで「いのち」という漠然とした存在を、それぞれの銘々皿に盛りつけてみようと試みた。この詩集はこれらをまとめてみたものである。

ここに収めた詩は二〇一〇年以降、詩誌「ZERO」・「日本未来派」・「詩と思想」及び「北海道詩集」等に発表した作品である。尚、その中には手を加えたものもある。

二〇一六年一月

綾部清隆

著者略歴

綾部清隆（あやべ　せいりゅう）

一九三六年　東京八王子に生まれる。
一九六〇年　北海道に居住、以後各地で生活、現在に至る。
詩　誌　「日本未来派」同人、「ＺＥＲＯ」発行
所　属　北海道詩人協会、日本詩人クラブ、日本現代詩人会
詩　集　一九七九年「落書」
　　　　一九九二年「蝶には道などいらない」
　　　　一九九四年「三階の廊下」
　　　　一九九八年「原野暮色」
　　　　二〇〇三年「傾斜した縮図」（北海道詩人協会賞受賞）
　　　　二〇〇九年「北の浜辺と木道」
二〇〇九年　千歳市民文化賞受賞

詩集　卓上の皿

二〇一六年四月二〇日初版発行

著　者　綾部清隆

北海道千歳市大和一丁目一番五―五〇五（〒〇六六―〇〇六六）

発行者　田村雅之

発行所　砂子屋書房

東京都千代田区内神田三―四―七（〒一〇一―〇〇四七）

電話　〇三―三二五六―四七〇八　振替　〇〇一三〇―二―九七六三一

URL http://www.sunagoya.com

組　版　はあどわあく

印　刷　長野印刷商工株式会社

製　本　渋谷文泉閣